看故事學語文

看故事學形容詞

小米婭的二十元

韋婭 著

新雅文化事業有限公司
www.sunya.com.hk

看故事學語文

看故事學形容詞

小米婭的二十元

作　　者：韋婭
插　　圖：ruru lo cheng
責任編輯：陳友娣
美術設計：何宙樺
出　　版：新雅文化事業有限公司
　　　　　香港英皇道 499 號北角工業大廈 18 樓
　　　　　電話：（852）2138 7998
　　　　　傳真：（852）2597 4003
　　　　　網址：http://www.sunya.com.hk
　　　　　電郵：marketing@sunya.com.hk
發　　行：香港聯合書刊物流有限公司
　　　　　香港荃灣德士古道 220-248 號荃灣工業中心 16 樓
　　　　　電話：（852）2150 2100
　　　　　傳真：（852）2407 3062
　　　　　電郵：info@suplogistics.com.hk
印　　刷：中華商務彩色印刷有限公司
　　　　　香港新界大埔汀麗路 36 號
版　　次：二〇一七年七月初版
　　　　　二〇二二年三月第三次印刷

目 錄

序：為閱讀升起風帆 ------------- 4

語文小課堂（形容詞篇）--------- 6

小米婭的二十元 --------------------- 8
　語文放大鏡：形容詞與的地得
　語文遊樂場

我是男子漢 ------------------------- 29
　語文放大鏡：形容詞的重疊形式
　語文遊樂場

是誰做錯了 ------------------------- 47
　語文放大鏡：巧用形容詞的好處
　語文遊樂場

鈴鈴鑰匙聲 ------------------------- 67
　語文放大鏡：區分形容詞和動詞
　語文遊樂場

答案 ------------------------------- 86

 **序**

為閱讀升起風帆

每一位家長和老師，都希望看見孩子們從閱讀中，獲得飛速提升的寫作能力。可是，飯得一口口吃，詞得一個個學呀！那麼，寫作能力的提升，有沒有捷徑、有沒有方法呢——如何讓孩子既能快樂閱讀，又能訓練語文，二者兼而得之？

——韋婭老師說，有！

我常在學校邀請的寫作演講中，談及自己兒時的閱讀體會——喜歡做筆記、習慣寫日記，把偏愛的東西收藏在小本子裏……一切看似無意的小動作，成了自己後來水到渠成的書寫能力的扎實基礎。現在回憶起來，其實自己用的方法，不正是我們現在說的學習「捷徑」嗎？

是的，學習「有」捷徑，全在有心人。

我們常說，提升孩子的寫作能力，從閱讀開始，它是一個潛移默化的浸潤過程。閱讀，對於一個充滿好奇心的孩子來說，其實是一件最自然不過的事呀！興趣所在，何樂而不為？可是，當今世界人心浮躁，各種刺激感官的誘惑漫漶於兒童市場。眼花繚亂的萬象，給予閱讀文學帶來的衝擊是顯而易見的，「專注閱讀」似乎成了一件奢侈的事，需要人們來共同努力去維護了。

那麼好吧，讓我們一起攜手，為閱讀升起風帆。

知道嗎？寫作的根本問題，是「思維」的問題。我們常聽老師讓我們多「理解」多「領會」，那麼，我們如何將看到的內容，透過自己的思辨能力，把它說出來，把它變成筆下的文字，來展現你的能力呢？如何在讀完一本文學作品時，對故事有所感觸之際，忽想到，我怎麼會有了這許多的發現？當你沿着迤邐的故事小徑，走過光怪陸離或色彩繽紛的景觀後，你突然閃念：原來寫作並不困難，原來語文的技巧，詞章的傳遞，都在這一本本書頁的翻閱之後，竟水到渠成地來到自己的筆下了！

是誰發現了這個小秘密，並試圖將它送到你的手裏、你的眼裏、你的腦海裏呢？告訴你吧，是我們的坐在書本後面的小小編輯！想當年，閱讀，對於那個小小的我來說，是多麼吸引人的一件事！而如今，在你的閱讀中，也像是忽然有位小仙童翩然而至，落在你的肩旁，鼓勵你：好看嗎？想一想，說一說！

原來，文學作品的好看，不只因為它情節的起伏，更在於它引人入勝的字詞句章，還有你那透不過氣來的自己的思索！

讀一本小作品，獲三個小成效：學流暢表達、懂詞語巧用、能閱讀理解。

喜歡嗎？

韋婭

2017 年盛夏

語文小課堂（形容詞篇）

我們說話或寫作時，常要用到許多形容詞。小問號，我來考考你，你能具體說一說，什麼叫形容詞嗎？

嗯，老師，形容詞就是用來描寫或修飾用的詞語。它可以幫我們表達得更具體，更生動。

說得好。形容詞可以用來表示人或事物的性質、狀態，比如：「她是一個善良的小女孩」。這裏的「善良」就是形容詞了。

老師，「用來表示事物的性質」，就是指好呀壞呀，美呀善呀，溫柔瀟灑、活潑大方等等，對嗎？

對。而「表示事物的狀態」的形容詞，就好像快、慢、輕鬆、緊張等等。

我們常說，「她很溫柔」，「他很瀟灑」、「很大方」等等，是不是所有的形容詞，都可以跟「很」字一起用呢？

性質形容詞一般都能受「很」和「不」的修飾，但也有少數狀態形容詞，是不受「很」和「不」的修飾的。

哦，明白了。性質形容詞，例如「好」和「壞」，可以說成「不好」、「不壞」；狀態形容詞，例如「快」和「慢」，可以說成「不快」、「不慢」。

但我們不會這樣說：「不冰涼」、「不通紅」、「不雪白」、「不黑漆漆」等等。這都是不能跟「很」、「不」一起使用的狀態形容詞例子。

是呀是呀！太有趣了！

還有呢，有些形容詞可以重疊來用！想得到有哪些嗎？

重疊……有的，瞧：「快快的」、「大大的」、「長長短短」、「雪白雪白」……

哈哈，對呀！

說着說着，這才發現原來形容詞有這麼多的形式和特點，真有趣呢！

那現在我們先去看看故事，看完故事再繼續說吧！

小米婭的二十元

一 發生了什麼事？

透過巨大的玻璃幕牆，可以望見遠處的海。太陽穿過鱗次櫛比[1]的樓廈，將亮燦燦的晨光映入商場內，在小米婭的臉上塗上了明麗的光澤。

小米婭跟着媽媽走進商場，她東看看，西瞧瞧。正是星期天，商場內人們熙來攘往，好不熱鬧！廣場那邊，正在舉辦兒童音樂會，幾個小朋友在搭起的小舞台上，全神貫注地表演吹奏呢。那音量調得好響，悠揚的旋律迴蕩在整個空間。

小米婭卻無心看表演，她今天是有目的的，

---

[1] 鱗次櫛比：形容建築物像魚鱗和梳子的齒一樣，一個挨一個地整齊排列着。

媽媽答應她了。她一心想要那座木工製的玩具，那可是一拉手桿就會相互親嘴的小木貓呀——哦，還有另一款造型，是一對小木兔子！

她已經喜歡牠們好久了。

媽媽拗不過她的央求，答應今天帶她來買呢！

小米婭好高興，她喜形於色地說：「媽媽，我可以要那對小木兔嗎？」

「當然可以。」媽媽説。

「或者，我可以要那對小木貓？」她又試探。

「由你決定呀，小米婭，」媽媽説，「但是，只能選一對。」

小米婭漂亮的眼睛，一眨一眨的，小臉龐被燈光映得光潔透亮。

忽然，從商場的出口處那邊，傳來一陣擾攘聲。發生了什麼事麼？一些顧客都站下來，朝那個方向看過去。

「什麼事？」媽媽向旁人問。

一些人匆匆地趕過去，大約是想看熱鬧。

原來，有個婦人拿了貨物，卻沒有去付款處，而是直接步出了商場。婦人不知道，保安員其實已經留意她好久了，一直盯着她的每一個舉動。

婦人在為自己辯解。她的身邊站着一個纖弱

的小女孩。

不一會兒，警察來了。婦人好像在辯解，然後，她被帶出去了。

小米婭看到，那小女孩在離去的那刻，回過頭來，朝自己的方向怯生生①地投過來一眼。

她跟小米婭差不多大。

人們在議論。有人一臉不屑，有人怒目而視，望向那個女人離去的背影。

---

① 怯生生：形容膽小害怕的樣子。

二 那女孩的媽媽怎麼了？

「那女孩的媽媽怎麼了，」小米婭不安地拉了拉媽媽的衣角，「為什麼她不付錢就走……」

「也許，她不夠錢，孩子。」媽媽低頭説。

「人不可以拿不屬於自己的東西，對嗎，媽媽？人不可以偷竊。」小米婭説。

偷竊，是一種令人厭惡的行為。她心裏想。

「説得對，孩子。」媽媽説，「但是，人往往不能抵禦誘惑——我們人其實是很軟弱的，孩子。」媽媽説。

「誘惑？」米婭望着媽媽，她好像明白，又好像不太明白。

「人有慾望。比如，貪慾。」媽媽微微一笑，像對一個大人説話，又像對孩子。

小米婭咬着自己的手指頭，眼睛一眨一眨。

　　媽媽蹲下身來，平視着小米婭，一字一句地說：「人可以喜歡很多新鮮的事物，喜歡就好了，不用非得佔有啊——假如自己沒有能力擁有的話。這個世界有太多好看好玩的東西啦，我們不可能全都搬回家呀，對嗎？」

　　小米婭似懂非懂地點點頭。她知道「貪」這個詞，是一個貶義詞。貪心，當然是不好的。「我們不需要自己用不着的東西」，媽媽常這樣對她說。

　　「那麼，媽媽，我只要那一個小玩具，可以嗎？」

　　米婭的腦海裏，閃過那個精美的小玩具，一拉桿子，站在圓木盤上的一對小動物，就會動起來，相親相愛地嘴碰嘴。

　　「可以。」媽媽摸了摸她烏黑的頭髮，笑着說，「去吧，孩子，你自己去付錢吧！」

　　米婭高興得蹦了起來。

可是，她仍有些猶豫不決，心裏琢磨着——唉呀，她實在拿不準自己是喜歡小木兔子，還是喜歡小木貓咪……

只聽媽媽說：「我去二樓的女裝部看看，你上那兒來找我好嗎？」

「好的！」<u>小米婭</u>痛快地應着。

三 收銀姐姐找錯了錢

　　小米婭立着，顯然，她仍在心猿意馬①。小木兔子和小貓咪，一個活潑一個溫柔。她伸出小指頭，輕輕地摸了摸這個，又弄了弄那個。

　　藝術舞台那邊，傳來一陣熱烈的掌聲。有人在高聲嚷叫。小朋友的表演一定是得到了觀眾的鼓勵了，她正在台上向觀眾致意呢！

　　台下，不知哪個淘氣的孩子，吹了一聲響亮的口哨。

　　小米婭的臉紅撲撲的，她感到快樂。忽地，她拿起了小兔——她仍是最愛牠！一個轉身，便朝收銀台跑去。

　　收銀處設在電梯轉角處。收銀台前，是一位

---

① 心猿意馬：形容心裏有很多想法，變化無定。

棕色頭髮的年輕女孩。她皮膚白皙，一雙烏黑的眼睛又圓又亮——就像小白兔的眼睛。小米婭這麼想着，不由得抿嘴一笑。

她把錢遞了過去，等着。

年輕的收銀員朝小米婭望了一眼，莞爾一笑，露出一排潔淨的牙齒。她的動作利落，三下兩下，就把錢找給了小米婭。

「謝謝！」小米婭把錢往口袋裏一塞，揣^①着小木兔子，便朝二樓的女裝部跑去。

幾個硬幣在口袋裏相互撞着，發出叮叮噹噹的聲響。

小米婭忽地停住腳，從衣袋裏掏出剛才找回的零錢，還有一些紙幣。她低頭數了一數。忽地，她的心跳起來。

她口袋裏竟多了一張二十元的紙鈔！

---

① 揣：懷着、藏着。粵音取。

17

是收銀員姐姐找錯了錢？

米婭下意識地向附近望了一眼。

沒有人看見她。

收銀員姐姐多找了二十元給她——這錢是她的。

她感到一陣興奮。只要再多儲一些錢，她就可以把另一對小木貓也買下來。又或者，她特別喜歡的有迪斯尼公主圖案的文具盒。還有，那誘人的牛奶朱古力，那可是她最喜愛的小食呢⋯⋯

她步上了扶手電梯，一雙眸子忽閃忽閃，她的心呀，蹦蹦跳。

四　原來是這樣

從明亮的玻璃幕牆望出去，遠處是太陽流動的光影。

上了二樓，她的步子有些猶疑。

媽媽説，人往往不能抵禦誘惑，我們人其實是很軟弱的⋯⋯

她想起那小女孩的眼神，還有她回過頭來時那煞白的臉。那是她在慚愧自己的母親的作為嗎？或是悔恨她沒有像別的女孩那樣嚴格的家教？抑或是她在怨恨，怨恨她家庭的貧窮以及羞恥感的失落？

米婭把手伸進衣兜，二十元紙鈔捏在她的手心裏。

一個聲音説：我不是偷竊來的，所以我可以擁有這二十元。

另一個聲音說：這錢不是你的，你不可以把它據為己有。

一個聲音又說：沒有人看見，我可以使用這二十元。

另一個聲音卻說：用不屬於自己的錢，同拿別人的東西有什麼兩樣呢？

<u>小米婭</u>忐忑[①]的心漸漸地平復，她開始往回走。

媽媽說，人有軟弱的時候，要抵制誘惑是很困難的，得有勇氣，有毅力。

<u>小米婭</u>跑了起來，氣喘吁吁地跑到方才交款的收銀處，把二十元紙幣遞上去：「姐姐，你剛才多找了我錢。二十元。」

收銀員驚訝地探過頭來，和氣地問：「小朋友，請你把收據給我看看好嗎？」

---

① 忐忑：形容心神不定的樣子。粵音坦惕。

<u>小米婭</u>把錢和收據一股腦兒全掏出來，遞過去。

收銀員看了一下，然後笑了：「小朋友，沒有錯，這種玩具剛好在推廣，特價，優惠了二十元呢！」

啊？原來是這樣！

小米婭的整個眼眉兒都舒展開來，她舒心地笑了。這是一種打心底裏發出的笑，那是一種從未有過的快樂，比買到小木兔子更快樂。

小米婭把事情的經過告訴了媽媽。

媽媽明媚的眸子裏，閃着欣喜的光：「小米婭，你今天考得了人生路上屬於自己的第一個一百分。」

窗外的陽光透進來，把米婭的小臉蛋映得亮燦燦的。

語文放大鏡：形容詞與的地得

老師，我發現形容詞後常有「的」、「地」、「得」，是怎麼區分和運用的呢？

小問號，「的」、「地」、「得」都叫助詞，它們獨立存在的話，是沒有意義的，但如果它們放在形容詞的前面或後面，就會起不同的作用。比如故事裏的米婭有「烏黑的頭髮」，「烏黑」是形容詞，在它後面是助詞「的」和名詞「頭髮」。

也就是說，助詞「的」字可以用在形容詞後面、名詞前面，「烏黑的」就用來修飾名詞「頭髮」。

說對了！小問號，你能在故事裏再找個例子說說嗎？

故事開頭提到，幾個小朋友在舞台上「全神貫注地表演」，這裏的形容詞是「全神貫注」，它後面跟着助詞「地」和動詞「表演」，就是說「地」是放在形容詞後面、動詞前面的。是嗎，老師？

是的，小問號你真聰明，馬上就學到了。這種情況下，「全神貫注地」就是用來修飾動詞「表演」的。

那麼，「得」字呢，怎麼講？

形容詞後跟助詞「得」字，是用作補充說明的。比如故事提到米婭得到媽媽的允許，可以買一個小玩具，她「**高興得蹦了起來**」，原本說「她很高興」就行了，但用「得」字帶出「蹦了起來」的動作，這就補充說明了前面「高興」的樣子，因而令表達生動起來。

是的是的，「她很高興」和「她高興得蹦了起來」，表達效果是不一樣的！

所以，形容詞後面通常都是跟「的」，但也有用「地」和「得」的時候。

老師，我還看到「得」字放在形容詞前面呢！比如故事提到，米婭的臉「**被燈光映得光潔透亮**」，「映」是動詞，「光潔透亮」是形容詞。怎麼跟你說的「得」字放在形容詞後面不一樣呢？

哈哈！這是「得」字的另一個使用情況。其實「得」多用在動詞後面、形容詞前面，用來形容動作的樣子。

噢，明白。學到東西啦！以後寫作時可要注意了。

我們現在去語文遊樂場看看吧！

語文遊樂場

一、 將下面單音節的形容詞，擴寫出雙音節的形容詞，寫在橫線上。

例　清 ➡　__清楚__　　__清晰__　　__冷清__

1. 快 ➡ ＿＿＿＿＿　＿＿＿＿＿　＿＿＿＿＿

2. 明 ➡ ＿＿＿＿＿　＿＿＿＿＿　＿＿＿＿＿

3. 熱 ➡ ＿＿＿＿＿　＿＿＿＿＿　＿＿＿＿＿

4. 弱 ➡ ＿＿＿＿＿　＿＿＿＿＿　＿＿＿＿＿

二、 在以下幾組詞語中，找出一個跟其他不同類的詞語，填在括號內，並在橫線上寫出原因。

例　偉大　　巨大　　大夫　　大同小異

不同類的是（　大夫　），因為這是＿名詞＿，其他都是＿形容詞＿。

1. 響亮　　豐富　　河流　　英姿颯爽

不同類的是（　　　　　　　），因為這是＿＿＿＿＿，

其他都是＿＿＿＿＿＿＿＿＿＿＿＿＿＿＿＿＿。

2. 忐忑　　埋怨　　迷茫　　疑惑不解

不同類的是（　　　　　　），因為＿＿＿＿＿＿＿＿

＿＿＿＿＿＿＿＿＿＿＿＿＿＿＿＿＿＿＿＿＿＿＿＿。

3. 雪白　　漆黑　　白晝　　姹紫嫣紅

不同類的是（　　　　　　），因為＿＿＿＿＿＿＿＿

＿＿＿＿＿＿＿＿＿＿＿＿＿＿＿＿＿＿＿＿＿＿＿＿。

4. 溪水　　冰霜　　彩霞　　流光溢彩

不同類的是（　　　　　　），因為＿＿＿＿＿＿＿＿

＿＿＿＿＿＿＿＿＿＿＿＿＿＿＿＿＿＿＿＿＿＿＿＿。

三、試用兩個或以上的形容詞來擴寫句子，寫在橫線上。

例　我吃蘋果。

擴寫：＿＿＿＿我迫不及待地吃青翠的蘋果。＿＿＿＿

1. 一羣學生站在海邊等待日出。

擴寫：＿＿＿＿＿＿＿＿＿＿＿＿＿＿＿＿＿＿＿＿＿＿

＿＿＿＿＿＿＿＿＿＿＿＿＿＿＿＿＿＿＿＿＿＿＿＿＿

2. 那男生坐在劇院裏看戲。

擴寫：＿＿＿＿＿＿＿＿＿＿＿＿＿＿＿＿＿＿＿

＿＿＿＿＿＿＿＿＿＿＿＿＿＿＿＿＿＿＿＿＿＿＿

3. 一隻花貓在陽台上曬太陽。

擴寫：＿＿＿＿＿＿＿＿＿＿＿＿＿＿＿＿＿＿＿

＿＿＿＿＿＿＿＿＿＿＿＿＿＿＿＿＿＿＿＿＿＿＿

4. 一羣螞蟻正在搬運食物。

擴寫：＿＿＿＿＿＿＿＿＿＿＿＿＿＿＿＿＿＿＿

＿＿＿＿＿＿＿＿＿＿＿＿＿＿＿＿＿＿＿＿＿＿＿

四、 你認為以下哪句話，最能概括這篇作品的主旨？圈出代表的英文字母。

A. 指出別人找錯了錢，應該還回去。

B. 指出買東西時，不要太過挑剔。

C. 指出偷竊是犯法的行為，會被警察帶走。

D. 指出貪念是人的弱點，人是可以克服的。

我是男子漢

一 灰濛濛的天空

　　最初我是肯定不想哭的。

　　可是，我怎能忍得住呢──我最心愛的小龍貓，牠不動了。

　　我的小龍貓是多麼可愛啊！牠有小小的圓眼睛，小小的圓耳朵，牠的小尾巴翹在身後，柔軟得像一束小麥子。牠喜歡獨自一個人玩，攀上那部專門為牠而建的小滑輪架子上，就快樂地爬呀、轉呀，牠一點也不害怕，好像牠天生就是一個運動員。牠不怕生人，你走近牠，牠會照舊怡然自得地玩着，好像天從來就不會塌下來。

　　可是，天真的塌下來了，因為，小龍貓突然死了！

這件事發生在清晨。我一起牀，照例是先跑去看我的小龍貓，跟牠說一聲早安。當我來到牠跟前時，發現牠躺在那兒，一動也不動！這可不像牠平時的舉動呀，牠總是在咬門，總是在攀爬，總是在玩耍的……

喂，<u>歡歡</u>，你醒醒呀，你怎麼啦？

我慌了，我從來沒有想過，「死」這個字眼，會落在我的小龍貓身上！我聽見一聲尖利的叫聲，從自己的喉嚨裏冒出來，還沒等及媽媽跑出來，我的哭聲，已經響徹在整個房間了。

我無法控制住自己的哭聲。

灰濛濛的天空，跟我一樣傷心。

媽媽緊張地從房間跑出來。

「怎麼了，發生了什麼事？」她頭髮散亂，顯得不知所措。

我努力地抑止着哭聲，不由自主地哽咽着，伸手指着龍貓住的小籠子，想說什麼，卻一句話也說不出來。

媽媽像是忽然明白了什麼，她皺着眉頭蹲下來，細看了一下，然後摸了摸我的頭，說：「好啦，別哭了，我們再買一隻好了！」

說着，她站起身來，給我遞了一張紙巾，然後轉身進了廚房。

我仍是落淚不止。再買一隻……？我的龍貓歡歡牠死了呀……再買多少隻，我的歡歡也活不了啊！我真是太傷心了。

二 外婆接走了我

如果不是外婆知道了這件事，把我從媽媽這兒接走，我也不知道自己要哭多久！媽媽在我出門口的時候，輕輕地嘟噥了一句：

「唉，這哪兒像男子漢呢，跟個小女孩子一樣！」

我轉過臉來，朝媽媽瞪了一眼。這話實在太傷我心了！媽媽她理解我的心嗎？我真的不想理她了。偏偏那汽車卻一直不見影兒，等了老半天，才見黃色的大巴慢條斯理地駛進站來。那位坐在駕駛室裏的老司機，不懷好意地朝我瞅了好幾眼，彷彿我哭得兩眼紅腫，是一件有礙觀瞻的事。我怯生生地偷瞄了他一眼，他好像在竊笑。哼，難道我不可以哭嗎？難道小孩子哭，就一定是……沒出息嗎？

　　我一把抹去眼淚，三步兩腳地蹬上了車。

　　好煩，所有的人都最好離我遠一點！我在車的尾部找到位子，一屁股坐了下來，滿心的不快和鬱悶。外婆顯然有點六神無主[①]了。她原以為只要接我出去玩，我就不會不開心，就一定不會再哭了。

　　「佳佳乖，外婆陪你去飲下午茶。」外婆開始哄我。

　　「不要。」我回答得很乾脆。

　　外婆故作驚訝：「喲，佳佳不是最喜歡香噴噴的芝麻餅嗎？」她比劃了一個手勢。

　　「不喜歡了。」我的嘴裏飛快地吐出幾個字。

　　「那……我們去行街街，好嗎？」外婆說着，一伸手把我攬過去，用一雙布滿皺紋的眼睛，

---

① 六神無主：形容心神慌亂，拿不定主意。

聚光燈似地，對着我。

　我知道，對於我的傷痛，外婆是心知肚明的。她是想努力將我從苦惱中擔出來，但是，這做不到……

　「不要，」我叫了一聲，氣鼓鼓地從她懷裏掙脫出來，「我要回家。」我很生氣。

　外婆瞪了我一眼：「我們這不是在回家嗎？」

　　「我要回自己的⋯⋯」我覺得這話說得不對，忙改口道，「我要回媽媽的家，我要再看看龍貓。」

　　「不用啦，」外婆說，「媽媽應該已經把牠扔掉了。」

三 止不住的眼淚

我一聽這話，吃了一驚。

「不會的，媽媽她不會的⋯⋯」我瞪大了眼睛，直勾勾地望着外婆。但這話剛一出口，我立即下意識地感覺到問題的嚴重性，我大叫道：「我不要扔掉，不要扔掉我的龍貓！」

我急得不顧一切地抓着外婆的手使勁搖。

我的淚水成串地往下掉。

「哦，不會不會，是我講錯了，」外婆嚇得連聲道不，用委婉的語氣安慰道，「等我打個電話問問你媽媽⋯⋯」

說着，外婆掏出手機。她慌里慌張地轉過身去，在電話中跟媽媽嘀咕着什麼。她把聲音壓得很低——我不認為她是怕吵了其他乘客，我知道，她是不想我聽到。

　　我懶得理她們！很顯然，她們是準備一起來對付我，媽媽，她肯定是把龍貓丟棄了！她真是太令我失望了，我的可憐的小龍貓……

　　我覺得眼淚又要湧出來，我使勁地忍住。那個賣龍貓的店主分明說，龍貓的壽命會很長。可是，牠在我這兒才一個月呀，怎麼就突然死了？這真令人費解，是吃得過多，還是睡得不夠？這小龍貓多健康啊，多勇敢啊，牠從來就不哭──

這是媽媽說的。嗯，你看媽媽她竟然拿我跟龍貓比。不過，的確如此，我的龍貓每天都自由自在的，一副怡然自得的模樣，牠從來就不哭……

「佳佳乖，我們這就去買龍貓，我跟你媽媽商量好了……」外婆轉過身來拉我的手，我使勁地甩了一下，縮回手來。

「怎麼啦？」外婆望着我，一臉錯愕。

我不說話。

外婆伸出手來摸摸我的額頭——她以為我生病了嗎？哼。我此刻的心情，是沒有人能夠明白的——只有那隻小龍貓。

四　微微的餘香

事情的結果是，我沒有再買一隻新的龍貓。也許，我再也不會買任何一隻龍貓了。

那天，我路過那間賣龍貓的寵物店——歡歡就是從這裏被我帶走的。熟悉的店門，熟悉的情景……觸景生情，我不禁有些傷感。

那個穿黑衫的店主站在門口，悠然自得地與顧客搭訕。不知怎地，我心裏忽然生起一股懊惱之感，牠令我對他充滿反感，我朝他惡狠狠地瞪了一眼，轉身即走，弄得那個店主丈二和尚摸不着頭腦。這多少有點兒惡作劇吧，我忍不住想笑。

我把小龍貓歡歡埋葬在郊外公園的山腳邊。

我先是挖了一個小小的坑，小坑很深，泥地裏散發出一股淡淡的泥腥味。早上出門時，天空下着微微的細雨，空氣濕漉漉的，光禿禿的山腳

下，風略有點兒寒意，可是，我的額頭卻冒出了細微的汗珠。

　　媽媽把小鏟子遞給我，掏出紙巾替我在額前輕輕地抹了抹。我把龍貓小心地放入一隻小木盒子裏——這是一個精美的盒子，是多年前，爸爸從<u>澳洲</u>帶給我的牛奶朱古力糖果盒，盒面是一隻可愛的樹熊。朱古力吃完了，盒子卻沒捨得扔，

它仍是簇新的，彷彿還留有久遠記憶中的微微的餘香。

外婆説，人有靈魂的，人能轉世。媽媽不信。

但是，我現在願意相信。

小龍貓很安詳地躺着，好像睡着了一般。不過，我知道牠是死了，牠不會再醒過來了。我這麼想着的時候，沒有哭，一點也沒有。我想，如果有來生，小龍貓應該很快再回來的，在一個開花的温暖的季節。

我不會再哭了，我要像小龍貓那樣，像個男子漢，活得自由，勇敢，也學會珍惜。

語文放大鏡：形容詞的重疊形式

 老師，故事裏提到，「**天空下着微微的細雨，空氣濕漉漉的，光禿禿的山腳下，風略有點兒寒意**」，這裏的「微微的」、「濕漉漉的」、「光禿禿的」，也是形容詞吧？

 是呀，小問號，我們在前面的語文小課堂就提過，形容事物狀態的形容詞，可以用重疊的形式。

 如果是我寫呀，我只會寫「微雨」、「潮濕」、「光禿」等等。故事裏使用重疊形式的形容詞，讀起來就有不一樣的感覺。

 這些重疊形式，可以分為單音節形容詞的重疊，比如：高高的、瘦瘦的、大大的、小小的等，也有雙音節形容詞的重疊，比如：乾乾淨淨、開開心心、密密麻麻等。通常單音節形容詞重疊時，後面都要加「的」字。

 那麼，剛才提到的「濕漉漉」、「光禿禿」，就是形容詞的第三種重疊形式吧？

 說得對！而形容詞的第四種重疊形式，就是冰涼冰涼、雪白雪白……

鮮紅鮮紅、蔚藍蔚藍、筆直筆直！

你的腦子動得真快！此外，故事裏還有一種形容詞的重疊形式。故事裏寫外婆「**慌里慌張地轉過身去，在電話中跟媽媽嘀咕着什麼**」，這裏的「慌里慌張」原本是雙音節的形容詞「慌張」。

這個我也知道！其他例子就如糊里糊塗、傻里傻氣、古里古怪……

對啦！不過，要注意這些形容詞的用法是從生活中來的，不是每個都能隨意轉換重疊的形式。比如，「濕漉漉」不能說成濕濕漉、濕漉濕漉或者濕濕漉漉……

我們怎麼知道，那個形容詞應該用哪種重疊形式啊？

那就是靠平時的閱讀啊，當你形成了語感，不用特意去翻字典，都能「出口成章」啦！

啊，說得太對了，我一定要多看書，寫作時也要好好想想，多用不同形式的形容詞。老師，我們這就去語文遊樂場逛逛吧！

語文遊樂場

一、 下列句子中綠色的形容詞可以改用哪種重疊形式？寫在橫線上。

1. 窗邊那個小男生正**大口**地吃西瓜。

   窗邊那個小男生正 _____ 地吃西瓜。

2. 星光大道是一條**筆直**的馬路。

   星光大道是一條 _____ 的馬路。

3. 一羣小朋友**開心**地去遊樂場玩耍。

   一羣小朋友 _____ 地去遊樂場玩耍。

4. 他弟弟長得**胖**。

   他弟弟長得 _____ 的。

二、 以下哪個詞語與方框裏的形容詞意義相近？圈出代表的英文字母。

1. 外婆顯然有點 六神無主 了。

   A. 泰然自若　　　B. 胸有成竹

   C. 心中有數　　　D. 心神不定

2. 小龍貓不怕人，你走近牠，牠還是 怡然自得 的樣子。

　　A. 心煩意亂　　　B. 悵然若失

　　C. 心曠神怡　　　D. 失魂落魄

3. 媽媽頭髮散亂，顯得 不知所措 。

　　A. 束手無策　　　B. 應付自如

　　C. 氣定神閒　　　D. 心知肚明

4. 等了老半天，才見黃色的大巴 慢條斯理 地駛進站來。

　　A. 快馬加鞭　　　B. 從容不迫

　　C. 風風火火　　　D. 大步流星

三、縮短下列句子，寫在橫線上。

例　那個穿黑衫的店主站在門口，悠然自得地與顧客搭訕。

　　那個店主站在門口，與顧客搭訕。

1. 風景秀麗的大帽山是香港人喜愛的遠足勝地。

_____

2. 強烈的燈光映着她臉龐上那晶瑩的淚珠。

_____

3. 華麗的裝飾玻璃亮得能照出人的影子。

_____

4. 活潑的玥玥是一位充滿愛心的交流生。

_____

四、這個故事想告訴讀者什麼？圈出代表的英文字母。

A. 寵物小龍貓是很難養的。

B. 愛哭並不是一種好習慣。

C. 男孩捨不得小生命逝去。

D. 男孩與母親之間的深情。

是誰做錯了

一　憑什麼是她？

　　當班主任昆老師用她甜美的聲音宣布，英文朗誦比賽將由喬凡凡「領銜主演」時，全班人都把羨慕的目光，投向了坐在前排的喬凡凡，接着響起了劈里啪啦的掌聲。

　　前幾日，昆老師提到這件事的時候，班上好多同學都心動呢！誰不想被選中，參加這個表演項目呢？這可是開放日的重頭戲啊！要知道，這一天，有多少家長來學校呢？要是看到自己的孩子驕傲地站在台上，那該是多麼的臉上有光啊！當然，學生的表演活動有好多項呢，繪畫啦，書法啦，歌詠啦……可是，對巧鳳和瑪麗這對好朋友來說，領銜英語科表演，可是她們的心之所向

啊！可現在⋯⋯唉！

憑什麼是她？

巧鳳起初一愣，她幾乎不相信自己的耳朵。當看到喬凡凡不乏自信地立起身，向大家致意時，她像洩了氣的皮球似地，情緒頓時低落下來。她悶悶不樂地哼了一聲，將落寞的眼神朝瑪麗座位上投過去，只見對方跟自己一樣，懊惱得垂下眼皮，誰都不望一眼，伏向桌前。

一放學，<u>瑪麗</u>頭也不回地徑自往外走，<u>巧鳳</u>追了過去。兩個女生不說話，就這樣一前一後地走出了校門。街道向屋村東頭延伸過去，兩人在屋村公園的門口站住了腳，<u>巧鳳</u>喚了一聲：「<u>瑪麗</u>！」

<u>瑪麗</u>低頭回了句：「唔？」

<u>巧鳳</u>欲言又止。她能說什麼呢？她們跟<u>喬凡凡</u>三個人，本來是英文朗誦比賽的候選人，怎知道這角色最後會落到<u>喬凡凡</u>她的頭上？誰都知道<u>巧鳳</u>是英文尖子，<u>瑪麗</u>兒時曾在<u>英國</u>待過，一口頂呱呱的倫敦腔誰不說好？英文老師原說會選兩位代表本班去參賽，但現在只選了一位，而她偏偏是那位……名不見經傳①的<u>喬凡凡</u>！

這，怎麼可能？

---

① 名不見經傳：形容平凡，沒有名氣。

二 不要理睬她

喬凡凡怎樣？圓圓臉龐，胖嘟嘟的樣子，哼，不就是教授的女兒嗎？平時好靜不好動，整天把腦袋埋在書堆裏，英語嘛……當然，她考試都算不錯，總是名列前茅，其實瑪麗若是不粗心的話，那桂冠也不至於老是在她喬凡凡的名下！巧鳳不也有獲得第一名的成績紀錄嗎……嗯，還有啊，喬凡凡的口音——哼，把「O」讀得像「OR」似的，這能好聽嗎？她要是往台上一站，那模樣兒，能比巧鳳和瑪麗更……更漂亮嗎？巧鳳越想越彆扭，忍不住朝瑪麗的方向望過去，哎喲，瑪麗的臉上，就像剛掛上了三號風球——陰沉着呢。

唉，巧鳳知道瑪麗心裏難受，而巧鳳不也渾身上下不舒服嗎？

「不理她了！」巧鳳沒好氣地説。

「她」指的是誰，兩人心裏都清楚。

瑪麗卻不語，把肩後的書包聳了聳，朝公園的綠草坪疾步而去。

巧鳳追了幾步，滿心的懊惱，她狠狠地撂下一句：「不跟她説話！」

「有什麼用？」瑪麗回頭，冷冷地一笑，「她呀，現在不知有多高興哩！」

這麼一說，令<u>巧鳳</u>更加不舒服了。雖然，在班上，同學間都是挺友好的，遇到誰有難處了，大家都會互相幫忙。可是在學習上，誰又不想自己的名次跑到前面一點呢？哪個會願意落在最後？顯而易見，那種暗地裏的互相的較勁，總是存在的。

<u>巧鳳</u>悻悻[①]然道：「她有什麼好？」

「我也不知道呀！」<u>瑪麗</u>感到委屈，她是多麼想得到這次比賽的機會呀！

她使勁地踢了一下路邊的小草，沮喪地搖了搖頭，用一種無可奈何的口吻，自我解圍道：「不過，總得有人上，有人下嘛！」

這話倒也不錯。可是，為什麼偏偏是她呢？

樹葉在風中困倦地搖曳。離放暑假的日子還

---

① **悻悻**：形容惱怒、怨恨的樣子，也帶有掃興、失意的意思。悻，粵音幸。

遠着呢，可熱烘烘的夏風彷彿已在蠢蠢欲動了。

一陣風吹過，校服裙在風中盈然鼓起。

「這也沒什麼了不起的！」瑪麗按了一下鼓動的裙擺，一臉不屑地說：「她只是，只是幸運而已哩……」

是的，算她幸運吧！也許，為何揀選她，自有老師們的理由吧？巧鳳彷彿已經看到喬凡凡嘴角往上翹的模樣，那是一種挑戰，一種譏諷嗎？還是只是一種掩飾不住的高興而已……哼，真討厭！

喬凡凡越高興，巧鳳心裏就越難受，這難受勁兒一直搗鼓着她，她想做一件事，來懲罰一下那個高興不已又令人討厭的人！

三 笑得肚子疼

公園裏的綠草坪旁，是兒童樂園的漂亮滑梯，幾個孩子正在跑着轉着，笑得氣喘吁吁的。

兩個女孩子在樹叢旁的一張長石凳上，挨着坐下。

「英文科主任可能喜歡她，比喜歡我們更多

吧？」巧鳳拍了拍放在腿前的書包。

「那不一定，她又不比我們英文好！」瑪麗挱了一下垂落在額前的頭髮。

「那為什麼要選她呢，她就一定比我們好？」巧鳳耿耿於懷，始終解不開這個結。

「幸運唄！」瑪麗眉尖一挑，話音裏充滿酸溜溜的味道。

「讓她滑一大跤才好，踩着瓜皮兒，摔她個

大跟頭！」瑪麗這充滿惡作劇的想像力，不管是真是假，這讓人聽起來，真的能解一時之恨呢！

巧鳳聽了，不由得哈哈大笑起來。

「對對對，」她一邊笑，一邊不假思索地附和道，「摔她個大跟頭！」

兩個人笑得前仰後合①。有人說，開心大笑是會令人樂而忘憂的，有些事，就那麼想一想，開心一下，也不錯哩！於是，兩個失意人開始為自己消愁解悶了──

「扔一塊香蕉皮給她，嘩，一溜腳，四腳朝天！」這個用手指比劃着。

「放一塊西瓜皮，哧溜一下，從東滑到西！」那個站起身，扮了個鬼臉。

兩個女孩子你一言我一語，笑得肚子疼。胡思亂想地編笑話，原來也是可以很有滿足感哦！

----

① 前仰後合：形容身體前後晃動，多用於大笑的時候。

笑夠了，鬧夠了，總算喘過氣來了。

風停處，兩個人悄悄私語。

喂，若是真的來一次嘗試，給驕傲的<u>喬凡凡</u>一點小小的顏色，不是很有趣嗎？

對，打籃球，搶球，籃球會「碰」到人的，不是嗎？那誰知道呀！籃球又沒有長眼睛。哼，讓她疼一陣子！

兩人一路跳着蹦着回家，一切的不愉快都會煙消雲散啦。

四 孤獨的身影

鈴聲大響。

下課啦，練球去啊！

事情完全朝她們計謀的方向發展着——約好一起打籃球，大家爭搶籃板球時，這個女孩把搶到手的球朝另一個女孩扔去，假裝失手，球不偏不倚地擊中一個女孩的臉——那個被擊中的女孩

當然不是別人，她就是喬凡凡。

喬凡凡捂着臉嗚嗚地哭起來。她哭得很傷心，肩膀一抽一抽的。

喬凡凡以為只是同學無意中錯手把球擊中了她而已。

如果喬凡凡得知這一切是事先安排的有意捉弄的話，她恐怕哭得要更傷心了；如果知道這是一場陰謀，而且是因為喬凡凡獲得了英文朗誦比賽資格而遭「襲擊」的話，哭的恐怕該是她們的班主任昆老師了。

還好，這一切沒有人知道，除了那兩個悄悄私語的女孩子——巧鳳和瑪麗。

怎麼啦，沒事吧？打球的人都在一旁關心。巧鳳和瑪麗也在人羣裏，不安地看着她，心裏邊忐忐忑忑的。

喬凡凡抹着眼淚走了。

夕陽把那個背影拉得長長的，那背影很單薄，很可憐，也很無辜。

望着喬凡凡遠去的身影，巧鳳和瑪麗本來可以大大地開心一番、甚至慶祝一番的。當她們倆相互遞了個眼色，舉起手伸出食指和中指作「勝利」手勢時，卻發覺這種「興奮」心情離她們原來構思的情節，相去甚遠。她們不知道這其中究竟發生了什麼，也不知道這「快樂」為什麼沒能走向高潮，卻滑向了空虛與失落的情緒之中。

球隊散去。兩個女孩子沒有回家，她們坐在球場邊的石階上，快快地，像是在等待着夕陽落

山。風在她們身邊繞來繞去的。靜靜地，兩個人都沒有說話。當她們再望一眼對方的時候，卻同時都感到對方眼神中瞬間的迴避。

一個聲音撞向她們倆的心壁，錯了，哪兒錯了，真不知哪錯了⋯⋯只是她倆誰也沒有說出來。

巧鳳伸出腿去，朝籃球踢了一腳。

籃球孤零零地滾到一邊，像一隻傷心的英文字母「O」。

語文放大鏡：巧用形容詞的好處

 老師，我覺得在文章中多用形容詞，能夠幫助自己將意思表達得完整、具體。一個人肚子裏的詞彙越豐富，越能令自己的表達生動、有趣！

 小問號，聽你這麼說，你一定是有很多心得吧？

 雖然說不上是什麼大發現，但我看完故事後，倒有些想法。例如故事寫道：「**夕陽把那個背影拉得長長的，那背影很單薄，很可憐，也很無辜。**」這不單把背影的形象寫得具體，也包含了豐富的感情。

 嗯，說得很好！

 又例如，當我們想讚揚一個人的時候，如果只說「她是一個好人」，那多籠統呀！別人只看這麼一句，也不知道「她」好在哪裏。

 那你認為怎麼表達比較好？

 若換成「她是一個善解人意、樂於助人、小心謹慎的人」，感覺就不同了！

 這體會太好了，你真善於思考呢！

老師，我還發覺這些四字詞實在太好用了！比如：秋高氣爽、眉清目秀、如花似玉、坐立不安、冥思苦想等等。短短的四個字，其實包含了很多意思，我們寫作時可以省下不少筆墨呢！

對是對，但「四字詞」這樣的說法不準確，儘管成語絕大多數是四個字的。還有一點要注意，形容詞可以多用，可是不能濫用，更不能用錯，尤其是用作形容詞的成語。成語是有固定用法的，還有褒貶之分，我們不能單從字面意思去理解，需要特別留意哦！

老師可否舉個例子？

「罄竹難書」就是一個貶義詞，用來形容一個人所做的壞事多得寫不完。我們不可以把它用在一個有傑出貢獻的人身上。

對啊對啊，我們不能說一位有成就的藝人有「罄竹難書」的貢獻……哈哈，我會留心學習成語的用法，一定不「囫圇吞棗」。

接下來，我們去語文遊樂場看看吧！

語文遊樂場

一、選出適當的詞語，把代表的英文字母填在橫線上，使句子意思完整。

1. 他在辯論賽時，非常 ＿＿＿＿＿ 地回答對方的提問，贏得評判的一致讚賞。

    A. 機智   B. 智能   C. 天分   D. 智商

2. 小明想快點出去玩，於是 ＿＿＿＿＿ 地做完了功課，結果被媽媽罰他重做，得不償失。

    A. 慌慌張張   B. 認認真真   C. 拖拖拉拉   D. 馬馬虎虎

3. 小朋友被電視上的情節逗樂了，笑得 ＿＿＿＿＿。

    A. 七上八落   B. 前仰後合   C. 人仰馬翻   D. 手忙腳亂

4. 女人不斷地抱怨，說她丈夫昨晚又喝得 ＿＿＿＿＿ 的回家。

    A. 醉醺醺   B. 醉醉醺   C. 半醉半醺   D. 又醉又醺

二、在句子的橫線上填寫適當的形容詞，使句子意思完整。

1. 五年級的同學在 ＿＿＿＿＿＿＿ 地聽課。

2. 演講比賽開始了，參賽者 ＿＿＿＿＿＿＿ 地走上講台。

3. ＿＿＿＿＿＿＿ 的北風迎面吹來，讓人只想趕快躲進室內取暖。

4. 那間商店裏放滿了 ＿＿＿＿＿＿＿ 的商品，令顧客目不暇接。

5. ＿＿＿＿＿＿＿ 的夜空裏，閃着 ＿＿＿＿＿＿＿ 的星星，那裏藏着多少秘密？

三、以下哪一項解釋，最符合句子中綠色的形容詞的意思？
　　（圈出代表的英文字母）

1. 她覺得這本小說很深，不適合低年級學生閱讀。

　　A. 深奧難懂　　B. 顏色深沉　　C. 年月久遠　　D. 深入淺出

2. 那孩子的一雙眼睛，真精神。

　　A. 精靈古怪　　B. 神采奕奕　　C. 似有神通　　D. 精明能幹

3. 現時幾乎每個人都擁有一部手機，手機已經不算什麼新鮮東西了。

　　A. 外表誘人　　B. 時髦高貴　　C. 稀罕少見　　D. 獨一無二

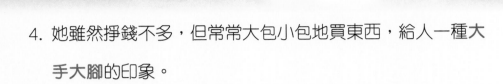

4. 她雖然掙錢不多，但常常大包小包地買東西，給人一種大手大腳的印象。

A. 她的手和腳看起來很大。

B. 實際上她的手和腳都很大。

C. 她常常胡亂花錢，不知節儉。

D. 她動作粗魯，常常有失禮的舉動。

四、看完故事後，你有什麼感想？為什麼？試寫在方框內。

鈴鈴鑰匙聲

一　屋裏靜悄悄的

　　屋裏靜悄悄的，只有媽媽收拾東西的聲響。媽媽一句話也不說，她已不再想說了，什麼都已說完了，她與爸爸之間的爭吵終於要了結了。

　　我呆望着媽媽收拾她那些衣服、毛巾、鞋襪，還有一地散亂的紙屑。

瘦弱的背影，剛強的性格，好勝的脾氣⋯⋯有時候我恨自己為什麼這麼像她。那種自視甚高的心態，那個拒人於千里之外的黑眼睛、翹鼻子的長相，不就是個什麼經理嗎？也許，她的自傲根本就跟職位無關，在我的記憶裏，媽媽從前沒做工時，也是這副脾性。我不喜歡她這副樣子，爭吵起來永遠是她有理。可我呢，我還不是那種「不撞南牆不回頭①」的死丫頭樣？媽媽把爸爸罵得真厲害：「我受夠了，你這笨豬！」她粗魯極了。

罵人笨就夠了，還要像豬，你說人能吃得消嗎？

只差動武了。但終究沒有。或許，兩人的潛意識裏終究仍有當年初戀的痕跡？

——事與願違，這回，他們果真鬧翻了。

---

① 不撞南牆不回頭：比喻某人性格固執，不肯聽別人的意見。

　　起初，我只是哭。

　　我記得從前爸媽不是這樣相處的。爸在酒店做事，每每拿錢給媽做家用，兩人總是笑吟吟的，哪像今日這般明火執仗^①。他們的爭吵，隨着爸爸的失業愈演愈烈，媽媽對爸爸的抱怨日盛，而爸爸對媽媽也越來越不耐煩了。起初媽媽似乎還有點啞忍的味道，後來她似乎下了決心，豁出去了，竟然衝着爸爸大嚷一聲：「是我在掙錢，輪不上你說話！」

　　爸爸的表情很複雜，他眼也不抬，砰地一聲，奪門而出。

　　媽媽悻悻然地説，爸是去找他相好的去了。

　　無論他們倆説什麼，在我這兒，都是一種深深的刺痛。我躲進小房間，一個人黯然神傷。

---

① **明火執仗**：原指公開地點着火把，拿着武器，形容做事公開。這裏指爸爸和媽媽公開爭吵，毫不避忌。

以後的日子，媽媽變得沉默多了，回到家，他們誰也不說話，家裏冷冰冰的。雖然讓耳根子清靜了許多，可我感到內心深處的不安。我擔心，我不知道自己害怕什麼，好像有一隻野獸在近處蟄伏①着，隨時會跳出來襲擊人。

---

① **蟄伏**：原指動物冬眠，潛伏起來不吃不動。這裏指潛伏、埋伏。

二 往日的溫馨記憶

果然，沒多久，我的這種擔心就被證實了。

媽媽說她要搬家了——是她獨自搬離，不是我們全家一起搬。

以前我們曾搬過家，那時我們要從租住的板間房，搬到政府分配的新公屋去，那會兒真開心啊！我們全家人都在整理東西，我把衣櫃、抽屜裏的東西全翻出來了，我還發現爸爸把我小時送給他的每一張畫、我玩過的每一件小玩具全都小心地保存下來了，令我既驚訝又感動。我在把小狗小貓小芭芘把玩在手裏，看媽媽收藏的相冊，裏面一半以上是我的照片，從牙牙學語的小毛頭，到咧着嘴嘻嘻笑上學去的傻樣兒，一一排列，有些相片旁還細心地寫着一些注明文字——她是那麼有心，那麼細緻。我心中升起一種好滿足的

感覺。我一邊整理東西，一邊唱歌，小小的屋子裏盛滿了歡樂。

那是多麼溫馨的往日記憶啊！

可是現在，媽媽一個人在整理「行裝」，爸爸不知溜到哪兒去了。和煦的陽光把屋外的世界映得暖暖的，可我們小屋裏的空氣卻冷得像結了冰。媽媽窸窸窣窣把東西放進紙箱，她的動作很

輕，好像生怕弄疼了誰。但是，我卻感覺到，她的每一個舉動，都分明在喊叫着：要走了，要走了……

我得按爸爸的指示，「幫」媽媽搬家。

我能「幫」她嗎？這個忙能幫嗎？

「我學校裏還有好多事要做，要等着交功課哩！」我沒好聲氣地説着，趴在小書枱上胡亂地畫着寫着。

媽媽不接我的話茬①，她一早就知道我非常惱怒她的決定——她竟然説要跟爸爸離婚！

離婚？！

我只聽過別人家的故事，説誰與誰「離」啦，沒想到自己的爸爸媽媽竟也……也來趕這種時髦！這多令人驚愕，多令人恥辱！

而爸爸呢，他也想「分家」嗎？

----

① 話茬：話題，剛提到的事或剛説完的話。茬，粵音茶。

三 鑰匙環上的聲響

令人悲哀……

爸爸他好像也壓根兒不想再挽回這「離」事，甩下一個家不管，整天不知竄到哪兒去了，偶爾回家也只是睡在沙發上！

他們都怎麼了，變得令我難以捉摸，好像他們從來就不是我親愛的爸媽，他們眼中哪兒還有我這「乖女兒」呀，這哪像他們口口聲聲說的，我是他們永遠的「小寶貝」呢？他們哪兒在乎了我？你看，他們一忽兒爭吵一忽兒冷戰，現在又來個大分手！他們早幹什麼去了？為什麼要在有了一個家後，說拆就拆！他們養育了我，可現在受折磨的是我……

我說不出的傷心，悲哀，然而我一句話也說不出，這個家不是我的！

「蓉兒。」媽出聲了。

我扭過頭去，唔了一聲。

「這是鑰匙。」她說。

鑰匙？

噢，我明白了，既是分手，那麼，自然她就不是這個家的人了，因而她要交出她的鑰匙——我們家的鑰匙，天經地義。

我的眼中突然充滿了淚水。

75

她開始立在那兒摸索着弄鑰匙環，她想把串在鑰匙環上的房門鑰匙取下來，她的動作十分笨拙，銀環上的鑰匙相互碰撞着，發出鈴鈴的刺心的聲響。小時候我在家等媽媽回來，一聽到叮鈴鈴的鑰匙碰撞聲，就知道媽媽進門了，那鑰匙聲響叫小小的我興奮雀躍，我牙牙學語地嚷着「媽媽」撲過去，媽媽就叫着我的小名擁抱我……可如今這聲音聽起來那麼傷心，那麼叫人心痛。

　　媽媽在一把一把地褪鑰匙，她的手彷彿不聽使喚，是她累了？還是她真的老了不靈活了？她取出家裏的鑰匙，那動作好像延續了一百年那麼久。

　　我站在那兒看着媽媽的舉動，強忍着心裏一浪接一浪湧起的喧囂，我是不願意讓淚水流下來的。我開始怨恨她的緩慢、遲鈍。她罵爸爸笨，她自己不一樣笨？

　　其實他們兩個都……一樣笨！他們令我憤怒。

四　媽媽的眼神

「給。」媽媽終於說。

我冷漠地伸出手去。

手，蒼白的，纖細的，少女的手——我的手。

另一端，同樣蒼白，卻那麼粗糙——婦人的手，她的，媽媽的。

從小到大，這養育之恩都是通過這雙手傳遞給我的。這是一雙多麼熟悉的手，我沒有發現它是從什麼時候開始，隨着它的主人一起老了，絲絲縷縷的皺痕裏，烙滿了歲月的印跡。我熟悉它，就像我心愛的毛公仔，我背了多年的書包，我溫馨的小日記本……我與它之間是有過這麼深切的聯繫……

我猛地從那隻手中奪過鑰匙。我的眼淚就要抑不住了。我猛地一回頭，朝呆呆地站在屋子中

間的媽媽恨恨地拋下一句：

「你走吧，永遠不要回來！」

那一瞬，我看見媽媽那布滿魚尾紋的眼睛裏，那驚慌失色的神情。那眼神叫我難以忘懷，而她那充滿悲戚①的表情，卻像火一樣，就那樣烙在了我的記憶中。

---

① 悲戚：哀傷愁苦的樣子。

　　我奪門而出。我不停地向前奔，一直跑到學校才停下來。

　　學校沒有人，假日的校園安靜極了。

　　校舍旁的小徑上，風輕輕地吹，樹木草叢發出柔和的沙沙聲響。我的淚水已浸濕了臉頰，我開始嗚咽，開始痛快地哭，大聲地哭，一邊哭一邊訴說着，怨父親，怨母親，怨這世界，我想我該是把這一輩子的淚都哭出來了。

我的那些伴着淚水的話語，爸媽他們聽得到嗎？我的內心感到深深的痛楚。為什麼這世界，給了我們這麼多的自由，卻又讓我們的心靈裏，載負起越來越多的孤獨與傷悲……誰能告訴我呢？

　　風吹動着我的思緒，吹動着我抑制不住的淚水，我用力擦乾淚，一個人，朝前走去。

　　多少天了，我的眼前一直晃動着媽媽的眼神，它彷彿在告訴我，她不會真正離開我們。

　　有一天，她會回來的。

語文放大鏡：區分形容詞和動詞

老師，我有一個問題！我們用什麼方法，來區別一個詞是「動詞」還是「形容詞」？

愛思考愛提問，是一種很好的習慣！來，我告訴你一些「小秘訣」。

什麼「小秘訣」？

唔，形容詞可以用「很」、「非常」、「十分」等表示程度的詞語來修飾；一般來說，動詞不可以跟表示程度的詞語搭配，除非是表示心理活動的動詞，以及「能」、「要」、「可以」等表示可能、必要、意願的動詞。

哦？比如呢？

舉兩個簡單的詞語做例子：「美麗」、「行走」。假如你不確定這兩個詞是形容詞還是動詞，就用「很」來試吧：「很美麗」可以；「很行走」，就不對啦！

所以，「美麗」，是形容詞；「行走」，是動詞。

對！

啊，這麼容易！讓我再試試！「很優美」、「很快樂」可以，「很攀登」、「很書寫」當然不行。哈，茅塞頓開！

還有一個「秘訣」，就是試着給詞語配上「沒」字。比如：「沒美」，讀起來真奇怪；「沒走」，這就對了！

好有趣呢！讓我在故事裏找個例子……啊，就好像故事提到那些小玩具**全都小心地保存下來了**」，假如「小心」和「保存」這兩個詞語跟「沒」搭配在一起，「沒小心」，不可以；「沒保存」，可以。由此可見，「小心」是形容詞，「保存」是動詞。

講得好！說話是一種習慣，我們在閱讀中會潛移默化地吸收，水到渠成。

是的，我們不是先去想，這是形容詞，這是動詞，然後才開口說話的……

哈哈，是的。多閱讀，便會熟能生巧啦！接下來，我們到語文遊樂場看看吧！

語文遊樂場

一、故事裏有哪些與「吃驚」意思相近的形容詞？你還能舉
　　出更多的例子嗎？試在橫線上寫出來，寫得越多越好。

1. 故事裏與「吃驚」意思相近的形容詞：

　　_____

2. 我還知道這些與「吃驚」意思相近的形容詞：

　　_____

　　_____

二、寫出與下列詞語意思相反的形容詞，填在括號內。

1. 靈活 ➜ （　　　　） （　　　　） （　　　　）

2. 奇特 ➜ （　　　　） （　　　　） （　　　　）

3. 喧嘩 ➜ （　　　　） （　　　　） （　　　　）

4. 粗魯 ➜ （　　　　） （　　　　） （　　　　）

5. 細心 ➜ （　　　　） （　　　　） （　　　　）

三、把下面的詞語重組成通順的句子，並加上適當的標點符號，寫在橫線上。

1. 的　裏　使人　開得　冷得　發抖　很大　空調　商場

_____

_____

2. 在　地　的　鳥兒　天空中　蔚藍　飛翔　自由自在

_____

_____

3. 我　了　使　心情　吹過　平服　涼風　稍稍　煩躁的

_____

_____

4. 她　消息　說出　這個　平靜地　怎麼可以　令人震驚的

_____

_____

四、這篇故事主要寫了什麼？圈出代表的英文字母。

A. 一位母親離家出走的故事。

B. 一對夫婦由結婚到離婚的經過。

C. 一個孩子因家庭變故而受到的心理衝擊。

D. 一把鑰匙從母親手裏交到女兒手中的經過。

答案

《小米婭的二十元》語文遊樂場

一、答案僅供參考：

　　1. 快速 / 快捷 / 快樂 / 愉快 / 涼快 / 飛快等等

　　2. 明媚 / 明亮 / 明朗 / 聰明 / 精明 / 鮮明等等

　　3. 熱烈 / 熱鬧 / 熱心 / 熱情 / 炎熱 / 悶熱等等

　　4. 軟弱 / 瘦弱 / 脆弱 / 虛弱 / 疲弱 / 弱小等等

二、1. 河流；名詞；形容詞

　　2. 埋怨；這是動詞，其他都是形容詞

　　3. 白晝；這是名詞，其他都是形容詞

　　4. 流光溢彩；這是形容詞，其他都是名詞

三、答案僅供參考：

　　1. 一羣學生興奮地站在遼闊的海邊等待美麗的日出。

　　2. 那瘦小的男生坐在漆黑的劇院裏孤獨地看戲。

　　3. 一隻可愛的花貓在清靜的陽台上懶洋洋地曬太陽。

　　4. 一羣忙碌的螞蟻正在不辭辛勞地搬運香甜的食物。

四、D

《我是男子漢》語文遊樂場

一、1. 大口大口　　2. 筆直筆直　　3. 開開心心

　　4. 胖胖 / 胖乎乎 / 胖嘟嘟 / 胖墩墩

二、1. D　2. C　3. A　4. B

三、1. <u>大帽山</u>是遠足勝地。
　　2. 燈光映着她臉龐上的淚珠。
　　3. 玻璃能照出人的影子。
　　4. <u>玥玥</u>是一位交流生。

四、C

《是誰做錯了》語文遊樂場
一、1. A　2. D　3. B　4. A

二、答案僅供參考：
　　1. 認真 / 專心 / 安靜 / 專心致志 / 聚精會神 / 全神貫注 / 正襟
　　　危坐等等。
　　2. 緊張 / 信心十足 / 滿面春風 / 胸有成竹 / 戰戰兢兢等等。
　　3. 寒冷 / 冰冷 / 刺骨 / 凜冽 / 冷冰冰 / 冷颼颼等等。
　　4. 琳瑯滿目 / 各式各樣 / 五彩繽紛等等。
　　5. 黑暗 / 漆黑 / 黑漆漆 / 黑沉沉 / 廣闊 / 一望無際 / 無邊無際 /
　　　漫無邊際等等；
　　　密密麻麻 / 疏疏落落 / 忽明忽暗 / 忽隱忽現等等。

三、1. A　2. B　3. C　4. C

四、自由作答。

《鈴鈴鑰匙聲》語文遊樂場

一、1. 驚訝、驚愕、驚慌失色

2. 答案僅供參考：驚人、驚恐、驚慌、驚惶、驚懼、驚異、驚駭、驚惶失措、大驚失色等等。

二、答案僅供參考：

1. 笨拙／遲鈍／呆板／木訥等等。

2. 平凡／平常／普通等等。

3. 安靜／沉寂／寂靜／清靜等等。

4. 斯文／優雅／溫柔／溫文等等。

5. 粗心／大意／馬虎／魯莽／含糊／冒失等等。

三、1. 商場裏的空調開得很大，使人冷得發抖。

2. 鳥兒在蔚藍的天空中自由自在地飛翔。

3. 涼風吹過，使我煩躁的心情稍稍平服了。

4. 她怎麼可以平靜地說出這個令人震驚的消息？

四、C